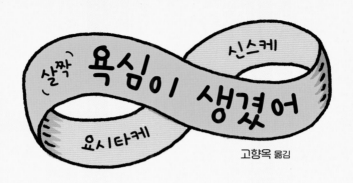

살짝 **욕심이 생겼어** 신스케

요시타케

고향옥 옮김

김영사

안녕하세요?

저는 삽화가이자 그림책 작가 요시타케 신스케라고 합니다.

이 책을 선택해주셔서 감사합니다.

1.

욕심이 생긴 출판사 직원분들

이 책은 앞서 나온 《나도 모르게 생각한 생각들》의 속편이라고 할 수 있습니다.

전작이 예상 밖의 호평을 받자 출판사 직원분들에게 욕심이 생긴 모양입니다. 이런 사정으로 속편을 내게 됐습니다.

2.

문장화한 원고를 받고

이야기로 풀어주고

후회하고

내용은 전작과 마찬가지로, 제가 평소 틈틈이 그려둔 스케치에 덧붙이고자 하는 해설을 이야기한 뒤 에세이로 정리했습니다.

그러므로 전작을 읽지 않았더라도 이 책을 읽는 데 전혀 지장이 없습니다.

3.

일단 아무것도 적지 말고
그냥 드셔보세요.

됐거든요.

저도 하루하루
온갖 욕심에 쩌든 채 살고 있는데요,
이 책을 만들면서
새로운 욕심이 생기더군요.

바로
'스케치를 해설 없이 보여주고 싶다'는
욕심이었습니다.

4.

각 장 끝에 무작위로
스케치만 나열한 페이지를
따로 만들었습니다.

-충돌하는 욕심과 욕심-

여긴 반드시
스케치만으로……

하지만 이건
에세이집인데……

5.

의미를 알 수 없는 스케치도
있을 테지만,

너그러운 마음과 자비로운 마음을
총동원하여 따뜻하게 지켜봐주시면
더없이 기쁘겠습니다.

타인을 향한 너그러운 마음은
세계 평화와 건강으로 이어집니다.

6.

그런데 말이죠,
사람에게는
다양한 '욕欲',
즉 욕망이 여럿
있을 텐데,

출세욕

물욕

수면욕

식욕

성욕

자기 현시욕

7.

어쩌면 '납득욕'이란 것도
있지 않을까 싶거든요.

우웅~~

인기를 얻는 방법을 이해하고
납득하고 싶어!

납득욕 수치가
높군요.

자신도 모르게
지나치게 생각해버리는
이유 중 하나가,

이 '납득욕'이라는
욕망 때문이 아닐까
생각한 겁니다.

8.

'궁금하다'라는 호기심은
동물에게도 있지만,

먹이인가? 적인가?
어느 쪽인지 궁금해!

부스럭 부스럭

9.

'알고 싶다'
'이해하고 싶다'는 마음은
사랑에게만 있지 않을까
싶거든요.

난 어쩌자고 그깟 놈을
내 편이라고 생각했을꼬!

대체 나는 뭐지? 바보인가?

10.

납득이 되게 설명하라!

그렇기에 사랑에게
'납득이 안 된다'는 건
아주 큰 스트레스가 아닐까요?

우리를 납득시켜라!

11.

그리고 납득욕은
개인의 욕망이기 때문에
당연히 개인차가 있습니다.

안녕하세요?
당신은 어떤 욕망이 강한가요?

12.

납득욕이 강한 사람은
이치와 이유를 따지는
경향이 있으며,

이치를 알면
세상을 통제하고 조절할 수 있지 않을까?

13.

납득욕이 약한 사람은 살아가면서
이치나 논리를 그닥 필요로 하지
않는 것 같습니다.

이치나 논리보다
감성으로 판단하죠.

아,
역시……

세상은 이치나 논리로만
움직이지 않는구나……

14.

그리고 이치와 논리를 따지는
납득욕의 대척점에
'있는 그대로를 받아들이는 상태'가
있지 않을까요.

할 수 있는 것만
하면 되지요.

깨달음의
경지야……

15.

결국 '생각한다'는 행위는
납득욕이 강한 사랑이
스스로를 위로하기 위해서
하는 활동입니다.

이봐, 이거 읽어봤나?
난 세 번이나 읽고 납득했다네!

정말인가?
나도 납득하고
싶어졌다네……

16.

욕망이기에
'쾌락'에 도달할 수 있으며,

쾌락의 일종이기에 더더욱
타인과 공유하고 공감할 수 있죠.

아, 그렇군!
납득했어!

기분 좋다!

대단하더라고……

그렇지?
그렇지?

17.

욕망이기에
계속 증폭되고,

정도를 넘어서면
건강을 해칩니다.

적당히
납득하는 상태로는

성에 안 찬다고!

어……

어……

18.

과학과 종교도 '무엇을 믿고
싶은가'라는 점에서는
같다고들 하지만,

어, 그럼 동향 同鄉?

같은 중학교 출신?

이성, 감성도
'어떤 욕망에서 유래하는가?'
라는 관점에서는
다 같을지도 모르겠습니다.

19.

결국 제가 하고 싶은 말은,
'욕망을 이길 수는 없다'는
것입니다.

이거 원, 나잇살이나 먹어서
낯부끄럽구먼!

껄껄껄~

20.

자,
어쭙잖은 개똥철학의 끝판왕이 되어버렸지만,
그래도 일단 본문을 읽어보시지요.

무리하지 않는
선에서……

21.

제 **2** 장   **부모와 자식이 함께 욕심을 부렸습니다**

제3장   아침부터 밤까지 욕심을 부렸습니다

살짝 욕심이 생겼어

이왕 시작한 거,

욕심 좀 내볼까나…….

집에서도 밖에서도
욕심이 생겼습니다

욕심이 생겼을 때의 얼굴

살짝

욕심을 좀 부려볼까, 할 때의 얼굴입니다. 과자를 하나 더 집어도 되지 않을까, 좀 더 자도 되지 않을까, 그럴 때의 표정이죠. 이렇게 욕심이 생기는 순간이 있습니다.

욕심이 있기에 성공도 하고 욕심이 있기에 실패도 하는 것일 텐데 그렇다면 내면에 욕심이 생기는 순간, 사람들은 어떤 얼굴이려나? 하고 그려봤습니다.

'혹시 이대로 작가가 되는 거 아냐?'
'하나 더 집어도 나만 입 다물면 남들은 모르겠지?'

    이렇게 '어? 할 수 있을 거 같은데?'라고 생각할 때, 사람은 뭐라 표현하기 어려운 미묘한 표정을 짓습니다. 만일 이렇게 욕심이 생기는 순간을 담은 사진집이 있다면 꼭 갖고 싶군요.

    '아, 이 사람, 욕심내고 있군. 할 수 있다고 생각했을 테지.' 이렇게 생각할 법한 모습을 많이 보고 싶습니다. 다만, 그 순간을 어떻게 사진에 담을지가 가장 문제이겠지만 말이죠.

    이런 식으로 맥락은 없지만 떠오르는 걸 수시로 스케치하고 있습니다.

오전에
해치워버리고
싶은 일

누구나 오전에 해치워버리고 싶은 일이 있는 것 같습니다.

얼마 전 휴일에 커다란 시트를 세탁할까, 하고 코인 빨래방에 갔는데 말도 못 하게 붐비는 거예요. 아, 사람들 생각은 다 비슷하구나, 싶더군요. 평일에 일하다가 휴일이 되면 슬슬 빨래 좀 해볼까, 하는 거죠. 모두들 오전에 자질구레한 일을 해치우고 오후에는 외출이나 할까, 하고 생각하니, 코인 빨래방이 휴일 오전에 가장 붐빌 수밖에요. 빨래방 주인아주머니 말씀으로는, 평일 오후가 제일 한산하답니다. 요컨대 이때가 모두 일하는 시간이란 거죠.

오전에 해치워버리고 싶은 일이 있다는 걸 알았을 때, '아, 그렇겠네' 하고 납득했습니다. 엄청나게 중요한 걸, 아니, 중요한 무언가의 꼬리를 발견한 기분이었죠. 굉장한 비즈니스 기회가 되겠다는 생각도 들었고요.

오전에 해치워버리고 싶은 일, 그건 빨래 같은 자질구레한 일 이외에도 더 많을 겁니다.

"어때?"

"냐~우(니아~우)."*

고양이에게 무언가를 물으면 "냐~우"라고 대답합니다.

뭘 입어도 다 어울린다는 말을 들을 수 있죠.

이런 고양이 한 마리 기르고 싶다, 라는 이야기입니다.

● '어울리다'라는 의미의 일본어 '니아우にあう'의 발음과 고양이 울음소리가 비슷한 사실을 활
　용한 언어유희적 표현 ― 옮긴이

두루마리 휴지의
포장 비닐은
쭈욱~ 찢어야지.

두루마리 휴지의 포장 비닐을 맨손으로 찢는다는 이야기를 그림

으로 표현했습니다. 여러분은 어떤가요? 가위나 칼 같은 도구를 써서 뜯으시는지요?

저는 늘 귀찮아서 그냥 손으로 쭈욱 찢어버리거든요. 포장 비닐은 찢어야 하는 것이고, 다들 이렇게 손으로 찢지 않을까 싶어요. 그놈의 비닐 포장 좀 어떻게 하면 좋으련만, 이렇게 생각하면서 그려봤습니다. 얼른 하나만 꺼내 쓰고 싶은데, 이게 잘 찢어지지 않거든요. 그런데 말이죠, 이렇게 시행착오를 겪는 시간마저도 인생의 일부가 아닐까 싶더군요.

어떤 아저씨가 "글쎄 말이야, 그것만 해도 15퍼센트래!" 라면서 굉장히 흥분하는 거예요.

옆자리에 앉아 있는 제게 그 말밖에 안 들렸습니다. 고개를 돌려봤더니, 갖은 손짓을 다해가면서 오버액션을 하더군요. "글쎄 말이야, 그것만 해도 15퍼센트라고!" 라며 말이죠.

신경이 쓰이지 않겠어요? '대체 뭐가?' 하며 궁금해지더군요. 그런데 도무지 알 도리가 있어야죠. 그 말밖에 안 들리는데.

세상에는 이런 일이 흔합니다.

어쩌다 우연히 듣게 된 한마디에 저까지 흥분되더군요. 이 아저씨들은 앞으로 어떤 결단을 내리고 그 15퍼센트에 무엇을 걸까, 싶어서 말이죠.

공연히 기분이 좋아지더군요. 이런 순간을 만날 때마다 생각하곤 합니다. 내일도 살아갈 수 있을 것 같다고, 세상은 버릴 게 하나도 없다고 말이죠.

표면에 떠 있는 온갖 것들을
옆으로 살살 치운 다음에 국물을 푼다.

라면

가게에 가면, 보통 커다란 곰솥에 끓여둔 육수를 그때그때 덜어서 쓰는 모습을 볼 수 있습니다. 국자로 육수 표면에 떠 있는 파나 돼지 뼈 같은 걸 옆으로 살살 치우고 국물을 푸잖아요? 저는 이 광경이 재미있어서 늘 유심히 보곤 하는데요.

필요한 것은 갖은 재료에서 우러난, 표면 아래에 있는 맑은 국물이에요. 하지만 위에는 여러 재료가 잔뜩 떠 있어요. 갑자기 국자로 덥석 푸면 불필요한 재료까지 딸려 오기 때문에, 일단 표면에 떠 있는 여러 재료를 살살 옆으로 치운 다음에 국물을 퍼야 하죠.

작품을 만들 때도 본래 말하고 싶은 것, 전하고 싶은 것, 재미있다고 생각하는 것을 표현하기 위해서는 불필요한 것을 치워야 합니다. '그것들을 꼼꼼히 치우고, 맛보여주고 싶은 정수만 퍼올리는 작업이 가장 어렵고도 중요하지 않을까?' 라면 가게에서 이런 깨달음을 얻었다는 이야기입니다.

자기도 모르게 그만 표면에 떠다니는 불필요한 부분까지 푸기도 합니다. 하지만 그런 걸 치우지 않으면 핵심이 전달되지 않거나 맛이 떨어지지 않을까요?

일련의 작업을 온전히 마치면 성취감마저 느끼죠. 작품을 만들 때도 마찬가지란 걸 깨달았습니다.

감사를 촉구하는 담당자

그렇게 생각하면
정말
고마운 거네요.

고마운 마음,
안 들어요?

어린이 에게 고마움을 가르쳐주는 직업인

이 있으면 좋지 않을까, 하고 생각
해봤습니다. 성인의 절반쯤 되는 키에, 감사를 촉구하는 역할
을 하는 거예요. 그렇게 생각하면 정말 고마운 거네요,라는
식으로 누군가에게 감사한 마음을 불러일으키는 겁니다. 그
것도 훈계조가 아니라 지나가는 말처럼 넌지시……

요컨대 아이에게 "네 엄마가 널 위해 정말 애쓰고 있단
다. 그러니까 엄마한테 더 고마워해야 해"라는 말을 강요하
지 않고 넌지시 말해줄 사람이 필요한 겁니다. 같은 말을 엄

마가 하면 아이는 절대로 고맙게 여기지 않거든요. 하지만 제삼자가 와서 "고마운 마음, 안 들어요?"라고 말하면 아이가 의외로 "아, 맞아" 하며 납득할지도 모르니까요.

회사에서는 "저 후배 말이야, 투덜투덜 불평하면서도 이런 일까지 다 해주네. 그러고 보니까, 정말 고맙단 말 정도는 해야 할 거 같은데" 하고 은근슬쩍 선배를 일깨워주는 거죠. 감사를 촉구하는 담당자가 철커덕 철커덕 돌아간 뒤, 선배는 후배에게 처음으로 "항상 고맙게 생각하고 있어"라고 감사의 말을 하지 않을까요?

어느 쪽 입장도 아닌 중립적인 사람이 와서 서로에게 감사한 마음을 불러일으키는, 기분 좋은 말을 해준다면 세상 일이 훨씬 원활하게 돌아가지 않을까요? 이게 바로 이 담당자의 역할입니다.

다만, 이 사람의 보수는 누가 지불할 것인가……. 그건 저도 잘 모르겠습니다만.

왜 잘되지 않는가.

그건
'잡는 법이
잘못됐다'는 것과
비슷하지 않을까.

왜 잘되지 않는가. 잘되지 않는다는 건 '잡는 법이 잘못됐다'는 것의 또 다른 표현이지 않을까, 하는 이야기입니다.

일이 생각대로 풀리지 않을 때, 근본으로 돌아가서 애초에 '잡는 법'이 잘못되진 않았는지 의심하는 것도 중요하다고 생각했습니다.

아이의 젓가락질이 서툴기에 유심히 살펴보니 역시 젓가락을 이상하게 쥐고 있더군요. 그래서 볼 때마다 좀 더 위쪽을 잡으면 된다고 일러주곤 합니다.

젓가락질도 그렇거니와 잘 풀리지 않는 일은 처음부터 그 문제를 이상하게 잡은 경우가 많겠구나, 하고 깨달았습니다.

애초에 잡는 법이나 접근하는 방식을 제대로 가르쳐주는 사람이 있다면 아주 많은 것이 잘될지도 모르겠습니다.

생각해봐,
나 자신이야.

싫증 날 리
있겠냐고.

생각 해봐, 나 자신이야. 싫증 날 리 있겠냐고. 머릿속에서 이 생각이 늘 뱅글뱅글 맴돕니다.

이런 생각에 질척거리는 제 자신을 혐오하다가도, '아, 그래! 나란 존재에서 빠져나갈 수는 없지'라는 생각과 더불어 늘 똑같은 결론에 도달하곤 합니다.

자기 자신에게 싫증 날 수는 없구나, 하는.

힘들 때 환경을 바꾸면 좀 나아지지 않을까? 누구나 이렇게 생각하기 쉽지만, 결국 어딜 가든 자기 자신이 아닌 다른 사람이 될 수는 없습니다. 자신의 모든 걸 초기화할 수는 없으니까요.

'사람으로 태어난 이상, 결국 이런 사실을 받아들이며 자기 안에서 어떻게든 즐거움과 재미를 찾으면서 살 수밖에 없는 거지. 생각해봐, 본인인 걸 어쩌겠냐고.'

뭐, 그런 재미없고 노골적인 이야기였습니다.

인력이 지나치게 강한 것에는
가까이 가지 않으려 합니다.

벗어날 수 없으니까요.

세상에는 영향력이 강한 사람이나 인력引力이 무척 강한 사상이나 단체 등이 있습니다.

나이가 들수록 인력이 강한 것에서 벗어날 수 있는 체력이 점점 줄어들더군요. 그러다보니, 인력이 지나치게 강한 사람에게 다가가면 그의 인력 권내에서 벗어나지 못하는 건 아닐까, 하는 공포가 생겨요.

나이 든 사람이 헤어나기 어려운 신흥 종교에 빠지는 까닭은, 역시 나이를 먹어도 사람은 굉장히 강력한 것에 끌리게 마련이기 때문일 테죠.

확 끌리는 대상에서 벗어나 제자리로 돌아오려면 인력에서 벗어날 수 있을 만큼 에너지가 충분해야 합니다. 체력이 없으면 벗어나기 어렵다는 사실을 잘 알아두는 게 좋을 듯싶어요.

젊은 시절에는 누군가의 사상에 깊이 경도되기도 하고, 한 작품에 푹 빠져 밤낮을 가리지 않고 보거나 읽으면서 거기에 이끌려 이쪽으로도 가보고, 저쪽으로도 가볼 수 있습니다.

나이가 든 지금은 그럴 수 없는 거예요. 그래서 저는 요즘 들어 인력이 지나치게 강한 것에는 다가가지 않으려 한답니다.

물론, 아주 강력한 무언가에 이끌려 갔다가 돌아오지 못하더라도 나름의 즐거움이 있을 테지만, 제 경우는 결국 내가 나 자신이 아니게 되는 것에 대한 공포가 훨씬 크기에 피하는 거겠죠.

"이거 봐요, 그렇게까지 해서 지켜야 할 자신이란 게 대체 뭐죠?"

누군가 이렇게 물어온다면 쥐뿔도 없는 저는 퍽 곤혹스럽겠지만 말입니다.

하지만 나 자신이 아니게 될 수도 있다는 두려움 비슷한 감정을 품는 사람이 단지 저 혼자뿐일까요? 누구나 느끼는 두려움 아닐까요?

모름지기 매력적인 것은 멀리서 바라만 보는 게 좋을지도 모르겠습니다.

자!
오늘도 활기차게
눈치를 잘 살피자!

"**자!** 오늘도 활기차게 눈치를 잘 살피자!"
"아자!"

정신을 집중해서 일하자는 의도로 아침에 출근하자마자 다 같이 외치는 구호입니다.

그 이상도 이하도 아니에요. 직장인의 일이란 게 대개 딱 이 정도 아닌가 싶습니다.

갖고

싶은 것 시리즈 중 하나.
천장에 커다란 빗이 붙어 있는 방이 하나
있으면 좋겠습니다.

아침에 일어나자마자 빗 아래를 쌩하고 뛰어서 부엌까지
가면 머리카락이 단정해지고 찰랑찰랑해지는 거예요. 고것
참 편리할 것 같지 않습니까? 삐쭉삐쭉한 머리카락이 빗 아
래를 지나가기만 해도 빗질이 되어 단정해지는 거죠. 이런 게
있으면 참 좋겠는데 누가 좀 만들어주지 않으려나, 하고 바란
답니다.

긍정 담당자

지금 이대로 괜찮아요.
걱정하지 말아요.
그런 거 안 해도 돼요.

앞에서
감사를 촉구하는 담당자가 나왔으니, 이번에는 긍정 담당자입니다.

"지금 이대로 괜찮아요. 걱정하지 말아요. 그런 거 안 해도 돼요"라고 말해주는 사람이지요.

당신은 지금 이대로 괜찮아요,라고 말해주는 사람. 잘 생각해봐요, 그거 필요했던 거잖아요,라고 말해주는 사람. 그거 하길 잘한 거예요, 마음의 양식이 될 거예요,라고 말해주는 사람. 긍정을 담당하는 분은 전문가이기에 '불필요한 긍정은 하지 않는다' '지나친 어리광은 금지시킨다'는 포인트를 숙지하겠죠. 지금 당장 이런 사람이 와주면 좋겠는데……

사람은
평평한 곳을 좋아한다.

모든 걸 평평하게 만들려고 한다.

사람 에게는 '수평욕'이라는 게 있구나, 하고 생각했습니다.

비행기 안에서 내려다보면 사람이 사는 곳은 어디나 다 평평하잖아요. 사람은 아무튼 평평한 곳을 찾아다니고 산처럼 높은 곳은 깎아서 평평하게 만듭니다. 산꼭대기처럼 높고 뾰족한 곳에는 살지 않고요.

비탈진 곳에 있는 집도 계단식으로 일일이 땅을 평평하게 고른 뒤에 짓습니다. 이런 모습을 볼 때마다 사람은 평평한 곳을 좋아하는구나, 하는 생각이 들더군요. 너무도 당연한 이야기지만요.

텐트를 칠 때도 수평이 잘 맞는 곳을 찾습니다. 혹여 어느 한쪽이 조금 기운다 싶으면 말도 못 하게 신경이 쓰이거든요. 일단 수평을 맞춰야 해, 맞추고 싶다, 이런 생각을 반드시 합니다.

동물은 어디서든 살 수 있지만 사람은 '닥치고 평평한 장소!'여야 하죠. 사람의 절대적인 '수평지상주의'가 저는 은근 재미있더군요.

방금 전까지는
완벽했다니까요.

"방금 전까지는 완벽했다니까요."

얼마 전에 길을 가다가 우연히 들은 어느 청년의 말입니다.

이 한마디에 두 사람의 상하 관계며, 그동안 무슨 일이 있었는지를 눈치챌 수 있는 정보가 다 담겨 있었죠. 저는 이 순간을 마주한 게 흡족해서 기분 좋게 그 옆을 지나왔습니다.

추측하기로는, 빌딩에 있던 음식점이 망해서 소파처럼 생긴 의자를 폐기 처분하는 상황 같았어요. 가만 보니까, 트럭에 각을 맞춰 차곡차곡 쌓는다면 의자를 전부 실을 수 있을 것 같더군요. 트럭 뒤쪽 짐칸에서 의자를 싣는 사람이 아마도 후배였겠죠.

그런데 말이에요, 가게에서 의자를 하나씩 나르던 선배가 문득 짐칸을 보니까, 맙소사! 엉망이었던 거죠. 그리고 선배의 눈총을 받은 후배 청년이 "방금 전까지는 완벽했다니까요"라고 변명하는 장면입니다. 아무튼 힘내,라는 이야기입니다.

실제로 좋은 일이 없더라도
'행복 예감'만 있다면
그럭저럭 살아갈 수 있다.

실제로 좋은 일이 없더라도 '행복 예감'만 있다면 그럭저럭 살아갈 수 있다.

공감하는 표현입니다. 할아버지가 '대길'이라고 쓴 종이를 들고 빙긋이 웃고 있군요.

사람이란 말이에요, 실제로 좋은 일이 전혀 없어도 '오늘의 운세'에서 나온 '대길'만으로도 '이야, 오늘 운세 종군'이라며 행복해질 수 있는 존재입니다. 대길이란 두 글자만 봐도, 좋은 일이 생길 수도 있어, 내일 갑자기 멋진 사람이 나를 안아줄지도 모르지, 하며 긍정적으로 사고하게 되니까요.

행복이란 실제로 마음이 행복한가, 충만한가의 문제가 아니라 앞으로 충만해질 수도 있다는 예감이 발동하는가의 여부로 결정되는 게 아닐까요? 저는 그렇게 생각합니다만.

실제로는 좋은 일이 일어나더라도 금방 잊어버리고, 금세 싫증이 나거든요. 게다가 앞으로 좋은 일이 일어날 확률은 몹시 낮을 테고요. 딱히 근거는 없으나 이게 전부는 아니더라도, 더 즐겁고 기분 좋은 일이 일어날 거라고 생각하는 거죠. 희망이란 결국 이런 게 아닐까 싶네요.

인류여.

그대들의
휴지 1회 사용량은
너무 많다네.

이건 트릭이에요. '인류여. 그대들의 휴지 1회 사용량은 너무 많다네.'

이런 경고를 하기 위해 찾아오는 우주인이 있다고 해봅시다. 실은 제 아내가 두루마리 휴지를 엄청나게 쓰거든요. 티슈는 또 어떻고요. 꼭 두 장씩 쓴다니까요.

저야 크게 상관하지 않습니다. 개인의 자유니까요. 아껴써라 마라 하며 잔소리하지는 않지만 볼 때마다 은근히 못마땅해요. 그래서 내심 이렇게 무섭게 경고하는 우주인이 찾아오면 어떨까 하는 바람까지 생겼답니다.

요컨대 우주인이 대신 말해주길 바라는 심정으로 마침내 우주인에게 부탁해봤다는 겁니다. 실은 제가 직접 아내에게 말해야 할 문제죠. 하지만 아내를 콕 찍어 지적할 용기가 있어야죠. 후환이 두려워서 별수 없이 인류 전체를 대상으로 말해본 거예요. 그런 비겁한 자의 이야기랍니다.

인생에서
중요한 것은
하나뿐이야.
알겠니?

귀에 뾰족한 걸
쑤셔 넣으면 안 된단다.

커트 보니것(Kurt Vonnegut, 미국의 소설가)의 작품을 읽었는데 아주 재미있더군요.

보니것이 말하길 "내 직업은 인생에 대해 다양한 이야기를 주절주절 지껄이는 것인데, 인생의 중요한 사실 가운데 아버지에게 배운 것은 단 하나뿐이다."

그리고 그 한 가지란 걸 아주 쿨하게 말합니다.

"귀에 뾰족한 걸 쑤셔 넣으면 안 된다."

지당한 말이고, 참 절묘하며 멋지게 느껴지더군요. 그래서 저도 한 가지 생각해봤습니다.

뜻은 높게,
타협점은 낮게.

꼭꼭 씹자.

"뜻은 높게, 타협점은 낮게. 꼭꼭 씹자."
이게 중요하다 싶어서요.

목표에 도달하기 위한 방법은 되도록 허들이 낮아야 좋아요. 그래야 오래 할 수 있으니까요. 한편으로는 다들 목표를 너무 높게 잡는 거 아닌가 싶은 생각도 들었습니다. 그래서 그 전에 먼저 음식을 꼭꼭 씹듯 쉽게 실천할 수 있는 것 먼저 하라고 말하고 싶었어요.

자기계발서에서도 흔히 나오는 말인데, 진정 부자가 되고 싶다면 간단한 것, 지금 바로 할 수 있는 것부터 시작하라고 하잖아요. 우선 꼭꼭 씹자, 이것부터 하면 누구든 마음 편히 무엇이든 시작할 수 있을 테죠.

마음에 끼는
장갑이
필요하다.

작업용 장갑을 끼면 더러운 온갖 것을 아무렇지 않게 만질 수 있게 되는 감각이 놀랍지 않나요?

낙엽을 만질 때도 그래요. 맨손으로 만지면 따갑지만, 장갑을 끼면 아무렇지도 않게 만질 수 있어요. 장갑 두 개를 덧끼면 정말이지 세상 어떤 것이라도 서슴없이 만질 수 있을 것 같거든요. 요컨대 맨손만 아니면 왠지 마음이 좀 편해진다는 말입니다. 뭐든 맨손으로 만지려니 겁이 나는 거죠.

마음에 끼는 장갑이 필요합니다.

일단 쿠션 역할을 할 만한 것을 마음속에, 생각 속에 넣어둔다면 의외로 많은 것을 쉽게 접할 수 있지 않을까요?

만일 장갑을 꼈을 때 생기는 감각의 변화가 마음속에서 일어난다면, 대하기 껄끄러운 사람도 조금은 편하게 대할 수 있지 않을까요?

장갑을 끼면 만질 수 있는 것이, 정말이지 훨씬 많아질 거라고 봅니다.

식물처럼

주어진
빛과 물만큼.

식물 처럼 살아갈 수 있다면 좋겠는데……. 이 정도 물을 주고, 이만큼 빛을 쪼여주면 그만큼 자라는 식물. 이렇게 단순한 인과로 살고 싶을 때가 있습니다.

식물처럼 주어진 빛과 물만큼 결과가 드러나는 삶.

하지만 사람은 그런 존재가 아닙니다.

같은 조건에서 똑같은 말을 들어도 전혀 다르게 받아들이고 전혀 다른 행동을 합니다. 그래서 비극과 희극이 일어나지요.

식물의 정직함이랄까, 딱 받은 만큼 달라지는 게 부럽기도 합니다. 한편으로는 그렇게 살면 재미없을 것 같기도 하고요.

필요한 곳만
방해물을 치운다.

폭설

이 내리는 날이면 사람들이 다니는 곳만 눈을 치우죠. 그러다보니 마을에서는 평소 사람들이 주로 다니는 곳만 가시화됩니다. 그 모습으로 알 수 있는 건, 하얀 눈이 여전히 남아 있는 길은 사실 평상시에 없어도 된다는 것.

간토關東 지역에는 눈이 좀처럼 내리지 않습니다. 어쩌다 눈이 쌓이는 날이면 갑자기 사회가 보이는 거예요. 젊은 가족이 사는 집 앞은 이른 시간부터 눈이 치워져 있어요. 저녁까지 눈이 그대로 남아 있는 곳은 치우고 싶어도 치울 수 없는 집, 즉 홀로 사는 할아버지나 할머니 집 앞이라는 사실도 알게 됩니다. 눈이 여러 가지를 가시화하는 거죠.

맞은편에 사는 이웃이 우리 집 앞 눈까지 치워줄 정도로 에너지 넘치는 좋은 사람인 것도, 생명체로서의 강인함도 이럴 때 드러납니다. 그런 까닭에, 저는 눈 오는 날이 무섭습니다. 여러 가지가 드러나니까요.

필요한 곳만 방해물을 치운다는 사실, 재미있지 않나요?
세상 사람들은 저마다 무의식중에 방해물을 치우면서 살

아갑니다. 그것도 최소한으로 말이죠. 많이 치우긴 힘드니까요. 최소한의 노력으로 필요한 부분의 방해물만 치우는 거죠.

하지만 집집마다 치우는 최소한의 구역은 다를 거라고 생각합니다. 예컨대 자동차가 있다면 치워야 할 부분이 더 늘어날 테니까요.

삶에는 저마다 나름의 방해물, 그러니까 눈에 비견되는 무언가가 있을 텐데, 모두들 눈을 치우듯 매일 무언가를 치우면서 살아가겠구나, 싶었습니다.

저 사람은 무얼 치우며 살아가고 있을까?

평소에는 아무렇지도 않게 치워져 있지만, 본인은 치웠다는 사실조차 인지하지 못할 수도 있겠죠.

눈을 치우듯 방해물을 치우는 것도 드러나게, 의식적으로 할 수는 없을까요?

친해질 수
없을 것 같은
오브 더 이어 of the year

딱따구리

차임벨

스케치 모음 | ❶

이것 참 실망스러운걸.

더 맛있을 줄
알았는데.

게으름만
피우는 팀

우리들
영리 단체

짤그랑 짤그랑
짤그랑 짤그랑

짤그랑 짤그랑

시도 때도 없이
웃는 병

그 점을
고려해서
해줘요.

거짓으로 쓰면
사랑이 그만 두고,
솔직하게 쓰면
사랑이 오질 않고.

회사 소개란
참 어렵구만.

맞습니다.
젖을 좋아합니다.

아무튼
포유류니까요.

상대방이 살짝
싫은 표정을 짓는다.

'너무 늦은 천재'

너무 이른 천재는
멋진데 말이야······.

오늘부터 할 수 있어!
유도 심문

자네의 그건,

뭐가 부족해서인가?

자네만
신나는 거라네.

잡다한 일까지 해내는
잡용雜用견

살아가기 위한
리듬감 같은 것이

진짜 내 모습을
본 자는
추방하겠다.

그러니까,
그런 걸까요?

뭘 망설여!
뭘 망설이냐고!

공룡 시대가 지나고
해파리 시대가 있었습니다.
하지만 화석이 남아 있지 않아서
아무도 모릅니다.

상당히 지적인
생물이었습니다.

빛나는 삶

말끝이 흐려지는 장면

아아…….
그래…….
그럴죠…….

뭐…….
할 수…….
하지만…….

월간
자뻑남 시대

가져가.
&
기다려.

뒤에서
실례하겠습니다.

인생 참가상

돌면서
실례하겠습니다.

형편에 따라
친구이기도 합니다.

네가 앞으로 평생 먹는 사과는
떡떡할 게야!

쉬이 달아오르지 않고,
쉬이 식는다.

양털을 뒤집어 쓴 양

지금, 내 마음속
일등석에서 지냄

세입자를
구합니다.

그딴 티셔츠
입은 사람이
그런 말할 자격 없잖아.

월간 한순간의 기쁨

일반 공개

죄송합니다,
점장님.

납작이 동호회

가공의 섬

가공의 휴가

코타쓰こたつ
&

사다리

* 일본식 난방 장치 — 옮긴이

제
2
장

부모와 자식이 함께
욕심을 부렸습니다

내가 이 세상에
있을 수 있는 시간은
100년 남짓.

시한부
인생이라고!

"**내가** 이 세상에 있을 수 있는 시간은 100년
남짓. 시한부 인생이라고!"

제철 음식이나 캠페인 등 기간이 한정된 것에 약한 사람
이 많은데요. 자기 자신도 기간이 한정된 존재, 즉 시한부 인
생이기 때문에 그런 게 아닐까, 하고 생각해봤습니다.

단 것 이라면 사족을 못 쓰는 둘째 녀석은 간식을 먹어도 되느냐고 수시로 허락을 받으러 옵니다.

"캐러멜 먹어도 돼?"

"캐러멜 먹어도 돼?"

아까 먹었잖아, 하고 말해도 먹고 싶을 때마다 와서 묻는답니다. 기특하게도 멋대로 몰래 먹지 않고 매번 이렇게 꼭 허락을 받으러 옵니다.

이거 혹시, '승인욕' 아닐까요? 그 모습이 재미있어서 그려봤습니다.

커다란 것을 번쩍 들면
사람은(주로 어린이)
조금 흥분한다.

커다란

것을 번쩍 들면 사람은 조금 흥분하게 돼요. 특히 어린이가 그런데, 기다란 막대기라도 들어 올리면 스스로에게 감탄합니다. 몸을 후들후들 떨면서 커다란 것을 들어 올리면 정말 짜릿하죠.

예를 들어 운동회에서 선생님이 "각자 자기 의자를 들고 가세요"라고 말했다고 해요. 선생님 말씀에 의자를 들고 운동장을 걸어가는 어린이의 가슴이 조금 두근두근하지 않을까요? 여러분도 평소 잘 들지 않던 것을 번쩍 들 때면 흥분되지 않나요?

둘이서, 이를테면 커다란 책상의 양쪽 끝을 들고 옮기는 것도 재미있습니다. "조심조심." "잠깐 쉴까?" 함께 무언가를 옮길 때 서로 이런 말을 주고받잖아요. 그렇게 주거니 받거니 하는 모습이 저는 좋더군요. 혼자서도 못할 건 없지만 둘이 같이 하니까 좋네, 이렇게 느끼는 순간이 더러 있습니다.

둘이서 커다란 침대 시트를 개킬 때면, 역시 둘이 하니까 편하구나, 하고 절감합니다. 커다란 것을 나를 때 누군가가 반대쪽에서 들어주면, '굉장해! 사람은 함께할 때가 역시 최고야!' 하고 감탄하고요.

딱히 사랑이니 애정이니, 이런 거창한 이름을 붙이지 않더라도, 시트를 개키는 사소한 행동만으로도 같이 사는 게 좋아지지 않을까요? 부부가 함께 사는 이유는 커다란 것을 개키기 편하다는 것. 단지 그 이유 하나만으로도 십수 년을 함께 살아도 좋다고 생각했습니다. 이러한 데에 사랑을 회복하는 방법도 있지 않을까 싶기도 합니다.

앗, 이야기가 옆길로 새버렸군요.

개는 다 남자고,
고양이는 다 여자인 줄
알았어.

저희 집 둘째 녀석이 묻더군요.
"아빠, 개도 여자애가 있어?"

"물론 있지." "아, 그렇구나!"

제가 놀라서 물었죠. "어, 왜?"

"개는 다 남자고, 고양이는 다 여자인 줄 알았어."

아이의 대답을 듣고 왜 그렇게 생각한지 알 것도 같더군요.
알고 지내는 편집자도 어릴 때 그렇게 생각했다고 했거든요.

'그렇구나, 이렇게 생각하는 아이가 생각보다 많겠구나'
싶었습니다. 저는 이렇게 생각해본 적은 없지만 왠지 그 이유
를 알 것 같아서 그린 한 컷입니다. 당신은 어땠나요?

이스칸다르

이건 저보다 나이 드신 분이 아니면 모르지 않을까 싶습니다만.

아무 맥락 없이 퍼뜩 생각난 건데요. 이렇게 맥락에 신경 쓰지 않는 '어쩌라고!'라는 느낌. 그림으로 남겨두기에 제격인 '아무렴 어때'의 이미지. 이게 바로 스케치의 묘미죠.

♪이스칸다르イスカンダル 로,라는 거지요.

• 1974년에 일본에서 방영된 SF 애니메이션 〈우주전함 야마토〉 시리즈에 등장하는 가상의 행성 이름이자 이 애니메이션 주제곡의 가사 중 한 대목이다 —옮긴이

저런 게
재미있을까.

이 그림은 모래 놀이터 모습입니다. 아이를 데리고 놀이터에 갔을 때 일인데요. 녀석이 모래성을 쌓고는 윗부분을 판판하게 다지는 작업을 하염없이 계속 하더군요. 그게 그렇게도 재미있는지 푹 빠져서 일어날 줄을 모르는 겁니다. 저런 게 진짜로 재미있나보다, 싶더군요.

아이를 보고 있으면 깜짝 놀랄 때가 종종 있습니다. 좋아하는 모래로 재미있게 노는 건 당연하겠죠. 하지만 아무리 좋아해도 저는 그렇게까지 오래 집중하지 못하는데, 아이들은 참 대단해요. 사탕 하나만 생겨도 좋아서 어쩔 줄을 모르고, 모래 한 줌으로 30분이나 놀 수 있다니, 연비가 좋은 거죠. 어떻게 생각하면 참 부럽더군요.

아빠,
엄마 젖은 두 개인데
왜 옷을 입으면
하나가 돼?

이것도 저희 집 둘째 녀석의 질문입니다.
"아빠, 엄마 젖은 두 개인데 왜 옷을 입으면 하나가 돼?"

아, 듣고 보니 그렇다 싶더군요. 실제로 젖가슴은 두 개이지만 옷을 입으면 한 덩어리처럼 보이니까요. 그게 아주 신기했나봅니다.

어디서 딱 붙은 거지? 이런 의문을 갖는 게 신선했습니다.

부드럽게
사알짝 잡아당기면

쭈르르르

꼬리 주인의
정체를 알 수 있다.

쭈르 르르. 부드럽게 사알짝 잡아당기면 꼬리 주인의 정체를 알 수 있습니다. 거칠게 확 잡아당기면 꼬리가 잘릴 테니 말이죠.

살짝 그림책 같은 느낌이죠? 그림책 시작을 이렇게 하면 좋겠다 싶었거든요. 그런데 여기까지밖에 그리지 못했답니다.

자세히 보면, 세상 온갖 곳에 꼬리가 나와 있습니다. 평소 제가 수시로 스케치해두는 게 바로 이런 것이 아닐까 싶습니다. 작정하고 찾아보면 재미있는 것이며 세상의 비밀이 여기저기 널려 있거든요. 담장 사이에도 있고, 또 월급쟁이 아

거칠게 확 잡아당기면
꼬리는 잘려버릴 테지만.

툭

저씨의 와이셔츠 끝단에도 있을 테죠.

　거칠게 확 잡아당기면 꼬리가 끊어져 끝나버리는 이야기
입니다. '하지만 이 사람은 왜 이런 옷을 입고 있지?' '저 사람
은 왜 머리카락을 저 정도만 길렀을까?' 생각하면서 조심스
럽게 잡아당기면 다양한 아이디어가 줄줄 딸려 나오거든요.

　예컨대 "이 아이는 왜 몇 번을 말해도 잊어버리는 거
지?"라는 의문이 떠올랐다고 해볼까요? 아주 사소한 생각 속
에 사람다움이며 세상의 비밀과 인류의 습관이 있을 터이므
로 이런 꼬리를 하나씩 살살 잡아당겨 보고, 아, 이 녀석의 꼬
리였구나, 하는 식의 발견을 해보고 싶습니다. 꼬리는 이런 곳

자세히 보면,
세상 온갖 곳에
꼬리가 나와 있다.

에 있고, 이렇게 잡아당기면 화내고……. 이런 식으로 정보를 하나씩 모아갔더니 재미있더라. 또는 내가 새로 발견한 꼬리가 굉장히 길었지만 잡아당기고 보니 막상 본체는 얼마나 작던지, 무척 실망했다……. 이런 정보를 한데 모아 꼬리 도감을 만들어 즐길 수 있다면 세상이 평화롭지 않을까 싶었거든요.

행복해지는 법, 괴로운 일을 잊는 법……. 이런 방법도 아마 어느 꼬리 끝엔가 붙어 있지 않을까요?

내버려두면 그저 꼬리에 불과할 테지만 실제로는 더욱 풍성하고 커다란 것의 일부입니다. 그럼, 그 꼬리에서 우리 각자는 무엇을 읽어내면 좋을까요?

꼬리를 주의 깊고 조심스레 끌어당기는 주체는 나 자신입니다. 본체에서 무엇을 읽어낼 수 있는가도 자신의 센스나 섬세함 그리고 노력 여하에 따라 달라지겠죠. 하지만 끈기 있게 잡아당기다 보면 능숙해집니다. 난 이런 걸 좋아한다던가, 이런 걸 용서할 수 없다거나, 이런 걸 했더니 즐겁더라는 등 나 자신에 대한 의외의 사실을 알게 될 테니까요.

꼬리 찾기는 언제든 시작할 수 있고, 언제든 그만둘 수 있습니다. 재미를 느낄 수 있는 무언가를 발견하는 것은 즐거움이자 큰 위안이 아닐까요?

배가 빵 터져서
죽어도 좋아!
그래도 난 바나나 주스
마시고 싶단 말이야!

이건 저희 집 아이 이야기가 아닙니다. 어느 가게에 갔는데, 한 아이가 엄마에게 주스를 사달라고 마구마구 조르더군요.

그러자 엄마가 이렇게 아이를 혼내는 겁니다.

"아까도 마셨잖아, 너무 많이 마시면 배 터져!"

아이도 지지 않고 세게 받아칩니다.

"배가 빵 터져서 죽어도 좋아! 그래도 난 바나나 주스 마시고 싶단 말이야!"

아, 저 마음, 이해가 되더군요. '지금만 좋으면 된다'는 감각이 재미있습니다. 남의 집 아이니 그냥 마시라고 하고 싶지만, 만일 내 아이가 저렇게 졸라댄다면 절대 안 된다고 할 거다. 그런 이야기이기도 합니다.

그날에 얽힌 이런저런 기억을
깨끗이 잊은 척하는 데
능숙해지고 싶다.

또렷이
기억하는 척하는 데도
능숙해지고 싶다.

잊고 싶은 그날은 수없이 많고 마음에 걸리는 일은 한두 가지가 아니지만, 잊을 수는 없어도 잊은 척이라도 하고 싶다. 하다못해 잊은 척하는 데라도 능숙하다면 좋으련만. 이런 생각이 드는 순간이 있습니다.

반대로 평소에 쉽게 잊어버리는 아주 중요한 일은 기억하는 척이라도 하고 싶습니다.

문득 제 자신을 돌아보니, 잊어선 안 되는 중요한 일이나 즐거웠던 일을 금세 잊어버리고, 기억하지 않아도 되는 하잘것없는 일이나 괴로운 일은 언제까지나 기억하더군요. 정말이지 사람의 기억은 뜻대로 되지 않나봅니다.

그날에 얽힌 이런저런 기억을 깨끗이 잊은 척하는 데 능숙해지고 싶습니다. 또렷이 기억하는 척하는 데도 능숙해지고 싶고요.

옳고 그름의 문제가 아니라
'직성이 풀리는가'의 문제

 실컷 푸념했더니
직성이 풀렸어.

 한번 만져보고
직성이 풀렸어.

아이를 키우다보면, 아이가 "저거 만져보고 싶어"라고 말할 때가 많습니다.

이때 절대 안 된다며 야단치면 아이가 빽빽 울어대지만 한 번만 만지게 해주면 얌전해져요. 여러분도 이런 경험, 있지 않나요?

치매 환자를 간병할 때도 중요한 원칙이 몇 가지 있다고합니다. 먼저 상대의 이야기를 다 들어줄 것, 상대가 하고 싶어 하는 것을 우선 하게 해줄 것. 그런 다음에 상대에게 원하는 바를 제시할 것.

세상은 역시 '옳으냐 그르냐'만으로 돌아가지 않습니다.

옳고 그름의 문제가 아니라 '누군가의 직성이 풀리느냐 안 풀리느냐'의 문제인 거죠. 요컨대 무얼 하면 상대방의 직성이 풀릴까 하는 고민을 해결하지 않고는 다음 단계로 나아가지 못한다는 겁니다. 부부 관계에서도 마찬가지이지 싶어요.

반드시 실패한다고 말해도, 아내는 절대 제 말을 안 들어요. 그런데 실패하고 나면 직성이 풀리는 모양이더군요. 내가 좋게 보던 예상과 달랐어, 라면서 자신의 오판을 깨끗이 인정합니다. 아내로서는 남의 말에 따라 선택지를 미리 포기한다는 건 있을 수 없는 일인 거죠. 종국에는 제가 말하는 대로 하지만, 그 전에 본인이 해보지 않고 다른 사람의 말만 듣고는 절대로 납득하지 않습니다. 그렇지만 저도 아내에게 "거봐, 내가 뭐랬어"라고 비난하지 않습니다.

아내가 정작 실패한 뒤 얼마나 푸념을 늘어놓는지, 그걸 듣는 게 귀찮을 때도 있습니다. 하지만 제가 끝까지 다 듣지 않으면 아내는 다음으로 나아가지 못합니다. 도중에 "내가 지금 바쁘거든, 좀 짧게 말하면 안 될까?"라고 말을 자르면 안 돼요. 이걸 깨닫기까지 10년이 걸렸습니다.

아, 아직 직성이 풀리지 않았구나. 이렇게 생각할 수 있느냐 없느냐의 문제인 거죠. 아내는 직성이 풀리지 않으면 내

이야기도 들어주지 않고, 또 내가 하고 싶은 일도 못하게 계속 붙잡아두거든요.

상대방의 직성이 풀렸는지를 먼저 헤아리는 것이 결국 자신의 의견을 관철시키거나 여러 가지 일을 잘 풀어나가는 열쇠가 됩니다.

처음부터 옳고 그름을 따지면 될 일도 안 됩니다. 이건 부부 관계만이 아니라 어느 관계에서나 마찬가지가 아닐까 싶네요.

즉흥적으로 떠오른 생각을 그대로 말하는 상사가 있다고 해볼까요. 그가 즉흥적으로 한 말에 일단 "아, 그것도 좋겠는데요"라고 수긍해주면 상사는 직성이 풀릴 겁니다. 그런 다음에 "지금 해보시려고요? 그런데 이번에는 예산이 좀 부족해서……"라는 식으로 대처할 수 있지 않을까요?

직성이 풀리고 안 풀리고의 문제가 중요하다는 이야기입니다. 자기 자신에도 적용해볼 수 있어요. 나는 무얼 하면 직성이 풀리는지 생각해보는 거예요. 예컨대 '낮잠을 한번 자볼까' '사과를 한번 해볼까……' '그래서 직성이 풀린다면 해보지 뭐' 이런 식으로 말이죠.

나는 한 번
딱 두 동강 난 적이
있습니다!

이 그림, 마음에 쏙 듭니다.

무언가 대단한 스토리가 있을 것 같지 않나요?

그림책 첫 페이지에 이런 게 등장한다면 독자는 반드시 읽을 겁니다. "이야, 이거 엄청 꿰맸잖아!" 이러면서 말이죠. 아니면 "다행이다, 몸이 붙어서" 이러면서 말이에요.

이것만으로도 저는 충분히 재미있고 흥분도 됩니다.

딱 한 장뿐인 이런 스케치를 꽤 갖고 있습니다.

이거 입어.

어?

엄마가 그거
입으랬어?

아내가

작은 아이의 바지가 더러워졌다며 갈아입히라고 하더군요. 그래서 제가 아이의 바지를 골랐어요. 들고 가서 아이에게 "이거 입어"라고 했더니 아이가 "어? 엄마가 그거 입으랬어?"라지 뭐예요! 아빠로서 전혀 신뢰받지 못한 겁니다. 보호자로서 위신이 서지 않는 거죠.

하지만 아이 입장에서는, 어차피 그 바지를 입어봐야 나중에 "왜 그걸 입었어?"라는 엄마의 말 한마디로 다시 갈아입어야 하니까 귀찮겠죠.

그거 누가 고른 거야? 엄마가 입으라고 했다면 입을게. 하지만 아빠가 고른 건 아직 안 입어도 되잖아,라는 의미입니다.

아, 이 결정권 없는 아빠의 비애……. 실제로 아이는 잘못 가져온 거 아니냐고 의심합니다. "이 여름에 긴소매를 가져오면 어떡해!" 엄마한테 늘 이런 식으로 면박당하는 제 모습을 보니까요. 저도 뭐, '상사한테 가서 확인하고 오겠습니다'라는 심정이죠.

풍선 불어줘, 하면서
둘째 녀석이 방에 들어옵니다.

행복합니다.

풍선 불어줘, 하면서 둘째 녀석이 방에 들어옵니다. 행복합니다.

이런 걸로 행복을 느낀 걸 보면, 이때는 마음에 여유가 있었나봐요. 갑자기 작업실 문을 벌컥 열고 들어오기에 무슨 일인가 싶었더니, 불어달라며 풍선을 내미는 겁니다. 아마 아이가 다섯 살쯤이었을 거예요. 혼자서는 풍선을 불지 못하니 누군가 대신 불어줘야 할 시기였어요.

아직은 아빠가 필요했던 겁니다. 스스로 풍선을 불 수 있게 되면 더는 아빠가 필요 없겠죠.

'이렇게 아이가 의지해주는 시기가 부모로서는 정말로 행복한 순간이겠구나' 싶어서 한 컷 그려봤습니다.

어른은 좋단다.
좋은 일이
아주 많거든.
무슨 일이 좋은지
지금은 좀……
생각나는 게 없구나.

적당히
얼버무릴 줄 아는
어른이 되고 싶다.

저는 어른이 되는 게 엄청 싫었습니다.
어른이 되면 왠지 힘들 것 같다, 무서울
것 같다, 괴로울 거 같다, 계속 어린이로 살고 싶다……. 어릴
때는 이런 생각에 사로잡혀 있었거든요.

옛날의 저와 같은 아이에게 말해주고 싶습니다. 어른은 어
른 나름대로 즐거운 일이 꽤 많고, 좋아하는 것도 많이 살 수
있다고. 힘든 일도 있지만 이건 어린이도 마찬가지 아니냐고.

진실도 어느 정도 버무려서 커가는 것에 희망을 갖도록
이야기해주고 싶습니다.

이런 노골적인 이야기를 적당히 얼버무리면서 재미있게
전한다면 어른에 대한 이미지, 세상에 대한 이미지가 상당히
바뀌지 않을까, 하고 생각해봤습니다.

더러워져도
아무리 더러워져도

온몸을 통째로
씻을 수 있습니다!

아이 라서 좋은 점은 머리부터 발끝까지 통째로 씻을 수 있다는 것입니다. 아무리 더러워져도 말이죠. 더러워져도 아무리 더러워져도 온몸을 통째로 씻을 수 있습니다!

머리카락도 그래요. 딱히 헤어드라이어를 쓰지 않아도 금세 말라요. 옷이 온통 흙투성이가 돼도 금방 말끔해지고요.

부모는 육아에서 가장 힘든 시기가 대체 언제쯤 끝날까 하면서 진저리를 치겠지만, 아이를 머리부터 발끝까지 통째로 씻길 수 있으니 매일 금방 리셋할 수 있다는 이야기입니다.

온몸이 통째로 말끔해지는 거죠.

잘 봐,

새로운 줄넘기 방법.

바지 뒤쪽이
찢어진
엄마

우리 집 아이는
참 착하다.

잘 때만.

질질질~

엄마,
진정해,
진정해.

이거 봐,
이렇게 쭈욱 늘어나.

어디서든
과자를 먹는 사랑.

나는 그런 사랑이
되고 싶다.

쿵쿵

아! 이거
기분 좋다!

내려올 거니?

안 내려갈래.

접시!
접시 위!

접시 위에 두고
먹어!

몇 번이고 몇 번이고
말할 수밖에 없나?

몇 번이고 몇 번이고
말할 수밖에 없겠지.

쮸우 쮸우

쮸우

죄송합니다.

짜증난다.

글~쎄~

허공에 주먹질하며 홀로 싸우는
남자 아이의 떡떡기期

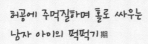

떡떡!   떡떡!

"많이 컸구나!"
라는 말을 들으면……

그치?
어떻게 반응해야
할지 모르겠어.

나도
그쪽이 좋아.

머리에 끈을 동여매면
소시지가 일하고
있더랍니다

(둘째 아들 꿈에서).

위미이잉~

아침부터 밤까지
욕심을 부렸습니다

이 콘텐츠를
보기 위해서는
착한 마음이 필요합니다.

모든 사이트의 첫 화면에 이런 인증 창을 띄우면 좋을 텐데, 하고 생각해봤습니다.

이 콘텐츠를 보기 위해서는 착한 마음이 필요합니다. 당신은 착한 사람입니까? 〈YES〉 〈NO〉

'당신은 만 18세 이상입니까?'라고 인증하는 창과 비슷한데요. '당신은 착한 사람입니까?'라는 질문에 '나는 착한 사람입니다'라고 답하고 콘텐츠를 접하는 사람이라면 자신이 보는 기사나 게시글에 악성 댓글을 달지는 않을 것 같다는 생각이 들더군요. 이런 식의 농담을 이해하고 들어오는 사람이라면 말이지요.

저는 겁이 많은 사람이라서요, 비난을 들으면 무서워서 못 견디거든요. 제가 만드는 책의 첫 페이지에도 온갖 주의 사항을 다 갖다 붙이고 싶은 심정입니다. 예컨대 이런 식으로 말이죠. '여기서부터는 착한 마음이 없으면 보실 수 없습니다.' '창작에 대해 아는 사람 이외에는 읽지 마시기 바랍니다.' '독해력이 있는 분만 보세요.'

요컨대, 듣기 싫은 말을 하는 사람에게는 이렇게 따지는 겁니다. '착한 사람 인증 창에서 〈YES〉에 체크하지 않았어요? 그래놓고 이제 와서 불평하다니, 그렇다면 당신은 거짓말을 한 거네요?'라고 말이죠.

그럼 조금은 우위에 설 수 있지 않을까, 하는 소심한 아이디어입니다.

잘못에는
두 종류가 있다.

고쳐야 할 잘못과
고치지 않아도 되는 잘못.

잘못 에는 두 종류가 있다. 고쳐야 할 잘못과
고치지 않아도 되는 잘못.
썩 그럴듯한 표현으로 보입니다.

'무언가를 잘못했기에 할 수 있는 일도 있고, 무언가를
잘못한 것이 도리어 개성이 되는 경우도 많지 않은가. 그러니
고치지 않아도 되는 잘못도 있다.'
멍하니 이런 생각을 해봤습니다.

고칠 수 없다고 깨달은 잘못을 고치지 않고 자신의 매력 포인트로 삼으면, 나 다운 게 되지 않을까요?

하지만 문제는, 고쳐야 할 것과 고치지 않아도 되는 걸 누가 정해주느냐입니다. 모든 행동이 다 정답인 사람이 세상 어디에 있을까요? 사람은 누구나 잘못도 하고 실수도 하는 법이잖아요.

고쳐야 하는 잘못과 고치지 않아도 되는 잘못 그리고 고칠 수 없는 잘못이 있으며 구분하고 판단하기가 어려운데요. 어른이 된다는 건, 이 차이를 조금씩 알아가는 것이 아닐까 싶습니다.

어우!
짜증 나!

떨어져!
떨어지라고!
지금 당장 거기서
떨어져!

어우!
짜증 나! 떨어져! 떨어지라고! 지금 당장 거기서 떨어져!

이건 제 자신을 묘사한 겁니다. 기억은 잘 안 나는데, 아마 궁지에 몰렸을 때였겠죠.

아무튼 저는 집에서 일을 하다보니, 가슴이 콱 막히는 증상이 시도 때도 없이 나타나거든요. 그럴 때는 웬만하면 집에서 빠져나와 산책을 하거나 자전거를 타면서 기분 전환을 합니다.

사람의 몸은 단순해서 환경을 바꿔주면 기분도 쉽게 나아집니다. 환경이 변하면 신체에 다른 정보가 들어오니까요. 뭐, 옛날부터 많이 들어온 이야기죠.

직장에 다니면 사무실 바깥으로 나갈 방법이 마땅찮은 경우가 많을 테죠. 그러나 기분 전환 삼아서 물리적으로는 물론, 정신적으로도 그 장소에서 일단 빠져나올 방법을 진지하게 고민해봐야 합니다. 이건 아주 중요한 문제랍니다.

어느 선까지면
실패해도
되나요?

이런 일은 하면 안 되지 않나? 이런 일을 하면 야단맞지 않을까?

저는 어릴 때부터 매일같이 이런 걱정을 하면서 살아왔습니다. 이걸 하면 야단맞지 않을까? 이렇게 하면 내 탓이라고 오해받지 않을까? 아직도 하루하루 이런 걱정에 사로잡히곤 합니다. 결국 실패가 두려운 거죠. 어른이나 아이나 매한가지가 아닐까 싶습니다.

그래서 제 아이와 동료들에게 말해주고 싶어요. 실패해도 괜찮다고. 그리고 저도 누군가에게서 이런 말을 듣고 싶고요.

그 연장선으로 생각한 게 한 가지 더 있는데요. 실패를 두려워하면 아무것도 못 한다, 일단 해보자,라고 마음먹었을 때 담당자에게 어느 선까지 실패해도 되는지를 미리 물어 분명하게 알 수 있다면 마음이 좀 편해지지 않을까요? 솔직하게 소통할 수 있다면 저는 용기를 낼 수 있을 거 같거든요. 마음이 놓일 것도 같고요.

이 정도까지 하면 실패해도 책망하지 않겠다고, 해도 괜찮다고 미리 말해주는 분위기. 이거야말로 어떤 일을 하든지 간에 가장 중요하지 않을까 싶습니다.

너의 일부를
원해.

전부는
필요 없어.

너의 일부를 원해. 전부는 필요 없어.

이거, 욕하는 거 아닙니다.

일에 적용하자면, 삽화가에게 원하는 것은 그림이지 삽화가 자신이 아니라는 말입니다.

위의 그림으로 설명하자면, 참치가 먹고 싶을 때는 참치 머리를 원하는 게 아니라 참치의 가장 맛있는 부분을 원한다는 말이에요. 커다란 물고기가 먹고 싶다고 물고기 한 마리를 통째로 다 먹는 사람은 없으며, 결국 먹고 싶은 건 물고기의 일부분이라는 말입니다. 아주 당연한 이야기인데 표현하고 나니 새삼스레 누군가를 욕하는 것처럼 이상하게 느껴지는군요.

사귀는 사람이 생겼을 때도 처음에는 상대방의 전부를 원하지는 않아요. 하지만 교제를 하다보면 원하는 범위가 점점 넓어지면서, 처음에는 원하지 않거나 관심도 없었던 다른 부분까지도 차츰 좋아지죠. 그러다가 결혼을 하기도 하고요.

프로 사진작가가 찍은 사진을 잡지나 책에 실을 때 트리밍을 합니다. 사진에서 꼭 필요한 부분만 잡지에 싣고 불필요한 부분은 잘라냅니다.

누군가와 사귀다가 결혼을 하고, 그 사람과 오랜 시간을 함께 지내다보면 트리밍의 틀이 점점 넓어지지 않을까? 그런 생각을 옛날에 한 적이 있어요.

제게 사귀자고 프러포즈한 아내를 당시에는 썩 좋아하지 않았지만 점점 트리밍의 틀이 넓어질지도 모른다는 가능성은 느껴지더군요. 그래서 말했죠. "지금 나는 당신의 극히 일부만 보이지만, 그 틀이 점점 넓어져서 언젠가는 당신의 사진 한 장을 통째로 방에 걸어둘지도 모르겠어요. 지금은 그 틀이 좁지만."

하지만 그런 제 마음은 단 1밀리미터만큼도 전달되지 않았답니다(웃음).

일할 때도 그래요. 어떤 사람은 일로 만나는 상대와 전인격적인 교제를 바라더군요. 애초에 일을 목적으로 만난 관계이기에 일에 있어서만 교제하면 되고, 일만 원활히 잘된다면 그 사람의 다른 면은 어떻든 상관없지 않을까요? 그가 주정뱅이든 도박꾼이든 일이 잘된다면 그걸로 충분하다고 봐요. 하지만 더 나아가 전인격적으로 교제하려니까 관계가 틀어지고, 싸움까지 벌어지는 불상사가 일어나죠.

그래서 이런 규칙을 사전에 공유하는 것이 중요하다고 생각합니다.

어떤 사람이든 다른 누군가가 그 사람을 필요로 하는 건 일부뿐입니다. 그 일부분이 노동력일 수도 있고, 얼굴일 수도 또 신체이거나 두뇌일 수도 있겠죠. 필요로 하는 부분은 저마다 다릅니다. 하지만 상대가 자신의 일부만이라도 필요로 한다는 건 행복한 일이라고 생각합니다. 더구나 앞으로 상대방이 필요로 하는 부분이 늘어날 수도 있다고, 좀 더 긍정적으로 받아들이면 좋겠어요.

너의 일부가 필요해, 전부는 필요 없어. 이 말은 곧, 너의 전부가 필요 없는 게 아니다, 너의 일부는 필요하다는 표현이기도 합니다. 일부를 전부마냥 한 명의 사람을 뭉뚱그려서 판단할 수 없다는 말이기도 하죠.

이런 전제를 무시하고 일을 추진하는 사람이 많더군요. 일부만이라도 좋아,라는 말을 들었을 때, 자신을 일부만이라도 필요로 하는 사람이 있다는 건 행복한 거야,라고 생각하면 좋겠습니다.

참치를 먹고 싶어 하는 사람은 가장 맛있는 부분만 원하지, 머리와 꼬리까지 원하지 않는다. 이건 중요 이야기입니다.

모든 죽음은

너무 이르거나
너무 늦다.

모든 죽음은 너무 이르거나 너무 늦다.
'참 맞는 말이구나' 싶어서요. 적당한 죽음은 없다고 생각하거든요. 대체로 너무 이르거나 너무 늦죠. 너무 늦은 죽음이 아주 많다 싶기도 하고요.

이런 말을 하면 버럭 성을 낼 분이 반드시 계실 테지만요. 뭐, 태어나고 죽는 건 뜻대로 안 된다는 이야기입니다.

'엄청 좋음'은
'엄청 싫음'이 될지도 모르니까

'조금 좋음' 정도로만
좋아해주세요.

'**엄청** 좋음'은 '엄청 싫음'이 될지도 모르니까
'조금 좋음' 정도로만 좋아해주세요.

사람의 나약함을 보여주는 표현입니다.

'계속 가까이 하기에는 조금 좋음 정도가 제일 좋지 않을까?' '엄청 좋아해서 결혼이라도 하면 자칫 이혼하거나 많은 문제가 생기지 않을까?' 도리어 이렇게 겁먹게 되는데, 누구나 저처럼 소심하게 생각할 수 있지 않을까 싶더군요.

엄청 좋아하는 경우는 오히려 사랑이 엄청난 미움으로 바뀌어 인정사정없이 내칠 가능성도 숨어 있는 거죠. 창작하

는 사람의 경우로 생각해보면, 칭찬받을수록 불안해집니다.

예컨대 어느 음악가가 다시 나오기 힘든 최고의 걸작을 내면, '이 사람 또 한 건 했네!'라는 분위기가 형성됩니다. 그런 결과물을 낼 수 있는 사람은 정말로 드물죠. 하다못해 반짝 스타가 되는 일도 굉장히 어려운데 말이에요.

주류에 편입되면 주류라는 이유만으로 싫어하는 사람이 아주 많습니다. 저도 그런 이유로 미움받은 적이 있고요. 인기를 얻는 건 기쁘지만, 길게 볼 때 정말 무섭다는 걸 실감했습니다.

그래서 적당히 좋아해주는 사람이 꾸준하게 지지해줄 수 있지 않을까, 하고 멋대로 생각해봤습니다.

사업의 관점에서 보면 과자 가게는 과자가 상품이고, 연예인은 자기 자신이 상품입니다. '상품'을 팔아서 생활하는 사람은 '상품이 사랑받게 하는 것'이 일이죠. 연애하는 사람뿐 아니라 세상의 모든 존재는 사랑받고 싶어 합니다.

이렇게 보면 역시 '가장 인기 있는 상품'을 동경하는 마음도 이해가 됩니다.

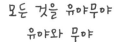

기억이 알쏭달쏭
알쏭이와 달쏭이

모든 것을 유야무야
유야와 무야

요즘 이런 게 마음에 들어요.
기억이 알쏭달쏭, 그래서 알쏭이와 달쏭이입니다. 참 귀엽습니다.

이걸 소재로 그림책을 만들 수 있을 것 같지 않나요? '알쏭이'와 '달쏭이'가 있는데, 둘 다 기억이 엄청 알쏭달쏭한 거예요.

그리고 '유야'와 '무야'라는 두 아저씨가 있어요. 상황이 여의치 않을 때 전부 유야무야 넘겨버린다는 이야기입니다.

"생각해보자!"라는 말은
"방귀를 뀌어보자!"라는 말과 비슷하다.
생각은 남에게 강요할 수 있는 것이 아니다.
'그 사람이 하고 싶을 때 하는 것'
이기 때문이다.

으음

뿌웅

그림 책 삽화 작업을 할 때, 흔히 이런 요구를 받습니다. 그림책의 독자를 어린이로 전제하고, 생각의 계기가 되거나 상상력을 키워줄 수 있는 그림을 그려달라는 겁니다.

애초에 사람에게 무언가를 생각하게 만든다는 아이디어 자체가 몹시 난폭한 발상입니다. 생각은 스스로 하는 것이기 때문에 자기 머릿속에 준비되어 있지 않으면 아무리 강요받아도 할 수 없어요.

이건 뭐지, 싶어서 곰곰이 생각해보니까 생각은 방귀와

같더군요. 방귀는 누가 뀌라고 한다고 해서 나오지도 않고, 뀌지 말라고 해도 뀌고 싶을 때는 나와버리잖아요?

'생각하거나 상상하는 행위는 생리 작용이다. 고작 그림책 한두 권으로 촉발시킬 정도로 간단한 것이 아니다. 아, 그러고 보니 방귀와 같잖아!' 이렇게 생각한 겁니다.

'반대로, 생각하고 싶지 않아도 생각해버리는 건 뀌기 싫어도 나와버리는 방귀와 마찬가지다. 결국 생각하게 하는 것은, 요컨대 방귀가 잘 나오게 한다는 표현과 마찬가지가 아닐까. 그렇다면 생각하는 것도 제대로 된 음식을 먹던가, 다른 방향에서 접근하는 것이 중요하지 않을까?' 이런 생각에 이른 거예요.

좋은 방귀가 나오길 바란다면 규칙적으로 생활할 것. 그리고 사람이 없는 곳에서는 뿡뿡 뀌어도 좋지만 뀌어서는 안 될 때는 좀 참는 식인 거죠.

생각한다는 것도 방귀를 뀌는 행위와 비슷하게 접근할 수 있지 않을까, 하는 이야기입니다.

나를 선택하지
않은 걸

언젠가는
후회하실 테니
그리 아시길.

나를 선택하지 않은 걸 언젠가는 후회하실 테니 그리 아시길.

이건 개가 하는 말이지, 제가 하는 말이 아닙니다(웃음).

평소 제 그림에 개는 별로 등장하지 않아요. 여느 때와 전혀 다른 캐릭터를 그린 건 무언가에 어지간히 거리를 두고 싶은 상황임을 의미합니다. 이걸 그린 당시, 제가 무엇인가에 선택받지 못해서 엄청난 분노를 느꼈던 것 같은데……. 뭐, 지금은 기억도 나지 않습니다만. 46쪽에 등장하는 우주인과 같은 거죠.

거리감을 두고 싶은 상황이면 저는 귀여운 것을 그리는 데요. 귀여움으로 스스로를 어물쩍 속일 심산인 겁니다.

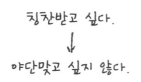

칭찬받고 싶다.
↓
야단맞고 싶지 않다.

누군가에게 긍정받고 싶다.
↓
누군가를 부정하고 싶다.

자신을 긍정할 수
없다면

하다못해 누군가를
부정이라도 하고 싶다.

'긍정욕' 이란 것이 있지 않을까, 생각해
봤습니다.

요즘은 스스로를 긍정하지 못하면 하다못해 누군가를 부정이라도 하고 싶어 하는 분위기인 것 같습니다. 자신이 아무것도 내세울 것이 없는 사람이라고 느낄 때, 스스로 정한 기준에서 벗어난 사람을 다 같이 해치우자, 그래서 속 좀 후련해지자, 하고 말이죠.

다른 사람에게 긍정적으로 평가받고 싶어 하는 것은 아주 근본적인 욕망이지만, 그런 욕망이 쉽게 채워질 리는 만무합니다.

그렇기에 모두들 SNS에서 '좋아요'를 받기 위해, 칭찬을 받기 위해, 인기를 얻기 위해 안간힘을 쓰는 거겠죠. 하지만 뜻대로 되지 않을 때는 심사가 꼬여서, 하다못해 다른 사람을 부정이라도 하는 쪽으로 흘러가기 쉽다는 거예요.

칭찬받지 못하면 그 대신 남을 칭찬하는 선택지도 있을 테지만, 이런 선택을 하는 사람은 드물거든요. 이 점도 신기할 따름입니다.

긍정적으로 평가받고 싶은 마음이야 잘 알죠. 누구나 그럴 테지만, 긍정적으로 평가받지 못했을 때 자신을 만족시키는 대신 왜 다른 사람을 부정하는 걸까요? 이해할 수 있을 것 같기도 하고, 한편으로는 굉장히 이상하다 싶기도 합니다.

비슷한 이야기인데요. 기뻐하는 얼굴을 보고 싶은 것과 화난 얼굴을 보고 싶지 않은 것은 살짝 관련이 있는 것 같지 않나요? 내 마음의 평온을 위해서 상대방을 기뻐하게 할 것인가, 상대를 화나지 않게 할 것인가. 이 두 가지는 정반대 성격이지만 근본은 같지 않나 싶어요.

제가 어릴 때, 어머니에게 칭찬받고 싶은 마음과 어떻게 하면 야단맞지 않을까, 하는 마음을 혼동했던 것 같거든요.

기뻐하는 얼굴을
보고 싶다기보다

화난 얼굴을
보고 싶지
않을 뿐입니다.

어머니는 무서운 분이 전혀 아니었는데 말이에요.

칭찬받고 싶다는 마음이 야단맞고 싶지 않다는 마음이 되어버린 겁니다. 인정받고 싶은 마음이 어느새 부정당하기 싫은 마음이 되어버린 거죠. 거기서 한 발 더 나아가면, 어쩌면 누군가를 부정하고 싶은 생각으로 발전할지도 모르겠습니다.

칭찬받고 싶다는 것과 야단맞기 싫다는 것은 전혀 다른 의미지만 실은 같은 마음에서 나온다는 게 왠지 흥미롭더군요.

북유럽 사람들은
어떤 생활을
동경할까?

'**북유럽** 사람들은 어떤 생활을 동경할까?' 문득 궁금해졌습니다.

요즘 북유럽 감성이 유행하는 모양이에요. 잡지를 보니 '북유럽 생활을 꿈꾸자!' '동경하는 스웨덴!' 등을 특집으로 다루더군요. 그렇다면 반대로 동경의 대상이 되는 그쪽 사람들은 무엇을 동경하며 살까, 하고 궁금해진 거예요. 마사지사는 누구에게 마사지를 받을까? 그와 비슷한 궁금증인 거죠.

어쩌면 '동경하다'라는 개념이 애초부터 없는 사람이 세상에 있을지도 모르겠습니다.

만약 그런 사람이 있다면, 과연 나는 그와 친구가 될 수 있을까? 하는 새로운 궁금증도 생기는군요.

"일은 사랑이다"란 말은
그럴 듯한데
"사랑은 일이다"라고 말하면
왠지 한 대 맞을 거 같다.

가볍게 내뱉어선 안 되는 말이
여러 있다.

"**일은** 사랑이다" 란 말은 그럴 듯한데 "사랑은 일이다" 라고 말하면 왠지 한 대 맞을 거 같다. 가볍게 내뱉어선 안 되는 말이 더러 있다.

"일을 사랑하라" 라고 말하면 자기계발서 구절 같아서 좋아들 하지만, "사랑이란 결국 일 같은 거지" 라고 말하면 갑자기 분위기가 싸해지더군요.

비유로 표현해도 되는 것이 있는 반면, 절대 그래선 안 되는 것도 있습니다. 장난으로 가볍게 내뱉어선 안 되는 말이 더러 있습니다. 그리고 그런 말은 하루가 다르게 늘고 있고요.

말은 본디 애매한 것이기에 그 애매함을 활용하여 중요한 사실을 유쾌하고 즐거운 것으로 표현하는 노력이 필요하지 않을까 싶습니다.

"그~게 말이죠~"

"아, 네에~"

이런 대화가 오가는 걸 보면, 아마 아이디어가 전혀 나오지 않은 상태였을 거예요.

저는 숨이 막힐 것 같을 때, 끙끙대며 괴로워하는 그림을 그립니다. 그럼 그런 상태에서 조금은 벗어날 수 있거든요.

여러분에게도 이 방법을 추천합니다.

알고 싶지 않은 것을
모른 채
넘어가도 괜찮을까?

알고 싶지 않은 것을 모른 채 넘어가도 괜찮을까?

저는 멘탈이 강하지 못한 사람이라 타인의 고통을 다룬 이야기에 담담할 수 없습니다. 한편으로는 그들이 겪은 고통을 모른 채 살아도 되나 싶어서 마음이 무겁기도 합니다. 하지만 그런 사실에 다가갈 여력이 없어, 알고자 하는 각오를 다지지 못하는 사람은 어떻게 해야 하나? 이렇게 은근한 죄의식을 항상 느낍니다.

세상을 살아가면서 반드시 알아야 할 것이 있는데도 그런 사실로부터 계속 도망치는 사람은 어떻게 해야 하는가?

그 사람은 어떤 벌을 받을까? 저도 모르게 그만 이런 생각에 사로잡히고 말거든요. 이런 점을 알면서도 밝고 활기차게 살아가거나 적극 행동하며 나아가야 한다는 것도 사실 알고는 있습니다만.

저는 하루하루 평안하게 살아가지만, 가령 범죄로 피해를 입은 분들은 어떻게 살아가고 있을까요? 아무런 죄도 없는데 편히 웃으며 살아가지 못하는 사람들이 있습니다.

자신의 의지와 무관하게 휩쓸려버린 사람을 위해 우리가 직접 개입하긴 어려울 때, 무엇을 하고 어떻게 생각해야 할까? 때때로 이런 생각을 하면서도 마주하지 않고 회피하는 거죠. 그런 이들에 대한 죄책감과, 보고도 못 본 척하면서 생기는 미안함이 제 마음속에 늘 자리 잡고 있습니다.

다만, 모르니까 할 수 있는 일이 더 많은 건 아닐까? 모르기에 할 수 있는 일을 더 많이 하면 되지 않을까, 하는 생각도 요즘은 듭니다.

전에 치매와 관련된 삽화 작업을 한 적이 있었는데, 잘 그려지지가 않더군요. 치매를 앓는 친척 때문에 상당히 고생했던 경험 때문이었어요. 그 경험이 도리어 일을 방해해, 결국 일로서의 '유쾌한 제안'을 만들지 못했습니다.

죽음에 대한 책을 쓴 적도 있는데 그때는 술술 잘 풀어냈거든요. 죽음과 관련하여 엄청난 고통을 겪거나 고생한 경험이 없었기에 소재와 거리를 둘 수 있었고, 그 덕분에 여러 가지 유쾌한 아이디어를 낼 수 있었던 거죠.

즉, 어느 한 분야에서 고생이나 괴로움을 심하게 겪고 나면, 그 경험이 도리어 방해물로 작용해서 현실은 이렇지 않다는 소극적인 감정으로 흘러버리는 거죠. 그러면 이런저런 무책임한 제안조차 할 수 없고요.

이렇게 보면 '경험이란 게 다 좋은 것도 아니구나' 싶습니다. 모르기 때문에 무책임하게 이것저것 제안할 수 있고, 그 무책임한 제안에 도움받는 사람도 분명 있을 겁니다. 반대로 당사자로서 직접 겪었기 때문에 할 수 없는 일도 많이 있고요.

취재는 무언가를 창작할 때 중요한 작업입니다. 현장에서 직접 경험해봤기에 알 수 있고, 말할 수 있는 것이 물론 있을 테죠. 하지만 경험으로 인해 알고 말할 수 있는 것만큼

이나 어쩌면 경험 때문에 더욱 말할 수 없는 것도 있으며, 특히 독특한 발상을 하거나 무언가를 웃음거리로 만들어 가볍게 넘겨버릴 때 취재한 자료가 의외로 걸림돌이 된다는 걸 알게 됐습니다. 이런 점에서는 모르는 채로 작업에 임하는 편이 좋을 때도 있다는 걸, 저는 경험을 통해서 배웠습니다.

결국은 균형의 문제라고 생각합니다. '누구도 상처받지 않는 것'을 전제해야 하기 때문에 그때그때 상황에 따라 다를 수밖에 없겠죠.

가지 마,
나의 흥분아!

돌아와,
나의 흥분아!
계속 옆에 있어줘.

"가지 마, 나의 흥분아!"라니, 이게 대체 무슨 소린지 궁금하시죠?

게다가 "돌아와, 나의 흥분아! 계속 옆에 있어줘"라뇨.

뭐, 나이가 들어가면서 육체적으로 잘 흥분하지 않게 된다, 그런 절실함을 표현한 한 컷입니다.

예전에는 가슴 설레고 두근두근했던 것에 이젠 더는 가슴이 뛰지 않습니다. '흥분'과 '놀람'의 감정이 나이와 함께 사라져버린 거죠. 이거 참 무섭습니다.

누군가의 인력을
이용해서 멀리
갈 수 있는

스윙바이를
되풀이하는 사람이
되고 싶네요.

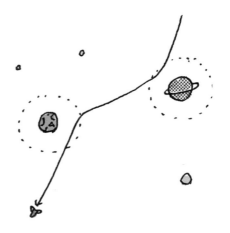

'스윙바이' 란 걸 아시는지요?

우주 탐사선이 아주 멀리 갈 때 이용하는 방식으로, 일단 달이나 행성의 중력에 급속히 끌려가다가 천체와 충돌하기 직전에 빠져나오는 식으로 속력을 끌어올리는 기술을 말합니다. 인생에서도 스윙바이를 할 수 있다면 참 이상적인 삶이 될 텐데, 하고 양체 같은 생각을 해봤습니다.

인력이 강한 사람이나 대단한 사상이 다양한 분야에 여럿 있을 텐데요, 거기에 빨려가서 돌아오지 못하면 안 되고, 오히려 인력을 잘 이용해서 자신의 가속도로 바꾸는 삶이 이상적이지 않을까 싶거든요.

내 궤도에서 벗어나지 않으면서도 다른 사람의 인력에 휘둘리지 않고 오히려 나의 힘으로 바꾸어내는 삶을 살고 싶습니다. 다만, 스윙바이도 실제로는 행성에 접근할 때 각도가 살짝만 틀어져도 크게 실패한다니, '남의 힘을 이용한다'는 건 역시나 어려운 거네요.

지금까지 살면서
내일이 오지 않기를
가장 바랐던 날은
언제였나요?

이건

숙제입니다. '지금까지 살면서 내일이 오지 않기를 가장 바랐던 날은 언제였나요?'라는 주제로 모두가 발표하는 거예요.

누구에게나 있지 않을까요? 내일이 오지 않았으면 싶은 날 말입니다. 그러나 아무리 원하지 않아도 내일은 기어코 오고야 말죠. 요컨대, 기다려지는 내일도 있지만 오지 않았으면 하는 내일도 있다는 말입니다. 그리고 내일에는 반드시 모레가 있는 법이고요.

이 물음에 대답하기 싫은 사람도 있을 거고, 몸을 쑥 내밀고 "있어요, 들어봐요" 하면서 술술 이야기하는 사람도 있겠고, 아무튼 다양하게 반응할 거라고 생각합니다. 그렇다면 나의 그날은 언제였나 하고 기억을 더듬어보니, 가슴이 뻐근해지면서 마감 전날 같은 감정이 밀려오더군요.

대학 때 입체 조형물을 만든 적이 있습니다. 졸업할 때쯤 작품을 여기저기에 보냈더니 방송국에서 연락이 왔더군요. 〈다케시의 아무나 피카소 たけしの 誰でも ピカソ〉에 출연해달라고요. 코미디언이자 배우, 영화감독이기도 한 기타노 다케시 きたの たけし 씨가 사회를 맡고, 다양한 분야의 아티스트가 자신의 작품을 선보이는 프로그램이었습니다.

연락받고는 내심 놀랐죠. 하필 녹화하는 날이 막 취업한 회사의 입사식과 같은 날짜인 거예요. 입사식에는 꼭 참석해야 했기 때문에 잠깐 고민하고 방송국에는 일단 애매하게 답을 해뒀습니다. 마침내 확실하게 대답해야 하는, 반드시 결정해야 하는 날을 직전에 둔 밤이 왔죠.

그날 밤에는 상당히 심각하게 고민했습니다. 원하는 일을 하고 싶었던 저로서는 제 작품에 관심을 보이는 사람이 있다는 걸 알게 돼서 기뻤습니다. 하지만 TV에 한 번 출연한 걸로 장차 먹고살 수 있을지는 불투명했죠. 물론 출연해보지도 않고 미리 앞날을 걱정하는 게 성급한 판단일 수 있겠죠. 하지만 그보다는 먼저 사회를 배워야 하지 않을까 싶더군요. 정말이지, 이래저래 생각이 많은 밤이었습니다.

다음 날, 결국 입사식에 참석했습니다. 그리고 시키는 대로 '고맙습니다'를 외치면서 수없이 접객 인사를 연습하다가 문득 시계를 봤더니 때마침 녹화 시간이더군요. 순간 '내 선택이 과연 옳았나?' 싶어서 마음이 얼마나 싱숭생숭하던지. 하지만 역시 시키는 대로 접객 인사 연습을 계속할 수밖에 없었습니다. 백 명이나 되는 동료 신입 사원들과 함께 똑같은 각도로 '죄송합니다'라고 외치면서 말이죠.

그러던 제가 돌고 돌아 지금 이런 책을 내는 걸 보면, 세상일이란 정말이지 어떻게 될지 모릅니다. 그때 입사식에 참석하는 대신 TV 방송에 출연했다면 저는 지금쯤 어떻게 되었을까요? 하지만 적어도 지금은 이런 모습이고, 이렇게 책 만드는 일이 좋고 또한 재미도 있습니다.

그날 밤 저는 미래에 무슨 일이 있을지 알지 못했습니다. 하지만 내일이 오지 않기를 바랐던 심정은 현재 무언가를 결정하는 데 밑거름이 된 거죠.

모두들 선택의 기로에 서서 고민하는 과정을 거듭 겪으

면서 성장할 텐데, 성장을 위한 통과의례로 내일이 오지 않기를 바라는 날이 있을 거고, 그런 날을 잊지 않는 것이 매우 중요하다는 생각으로 그린 그림입니다.

만약 여러분이 질문을 받는다면 저마다 자신만의 그날이 떠오를 겁니다. 그날이 각자의 스토리로 이어져, 저마다 미래의 인생을 선택하는 단서가 될 것입니다.

마찬가지로 당연히 내일이 오기를 바란 날도 있고, 내일을 생각할 틈이 없을 정도로 즐거운 날도 있을 테고, 세상이 그만 끝나버리길 바란 날도 있겠죠. 그런 날이 오고가면서 나이가 들어가고요.

중요한 날과 아무 생각 없이 잠이나 자고 싶어서 자버린 날, 드라마틱한 날과 아무런 드라마도 없던 날, 양쪽을 같은 무게로 바라보고 싶습니다. 어느 쪽이든 다 가치 있고 재미있는 날로 느끼고 싶을 때, 역시 이런 스케치가 하나의 단초가 되는 거죠.

'그 문제에
　　가장 흥미 없는
　　　　사람의 시점'을 계속 유지한다.

저는 이거야말로 소중히 여겨야 한다고 생각하고, 또 소중히 여기고 싶습니다.

특정한 주제로 그림을 그릴 때, 그 주제에 가장 흥미가 없는 사람이 그림을 어떻게 받아들일지 궁금합니다. 그 주제에 가장 흥미가 없는 사람도 크게 와닿았다고 느낄 표현, 그가 크게 놀랄 만한 형태의 그림을 늘 고민합니다.

내면의 소리에만 의지하여 그린 그림은 절대로 외부에 가닿지 않을 테니까요.

'가장 흥미 없는 사람에게 큰 흥미를 느끼게 하기 위해서는 어떻게 표현하는 게 좋은가?' 가장 전달하고 싶은 사람에게 무언가를 전하기 위해서는 상당한 아이디어가 필요할 것입니다.

조회 시간에 "지각하지 마라" 하고 아무리 주의를 줘도 정작 그 주의를 들어야 할 사람은 지각해서 그 자리에 없는 모습과 비슷한 이야기입니다.

말로 말을
설명한다는 것은

점토로 점토를
표현하는 것과 같은 것으로
다시 말해, 적절하지 않다.

핸드크림의
튜브는

핸드크림 때문에
끈적끈적하다.

작품에 대한
자기만족이란
출발점이자 도착점이다.

빙 돌아서 제자리로 되돌아온다.
결국은, 직경의 문제다.

세계를 만지는 방식과
손을 거둬들이는 방식

지구인은

인색하군요.

당신이
'10년 걸렸다는 일',
그것 좀 말해줘요!

성악설로
지내는 게
편할 수 있다.

본래 악한데
꾹꾹 누르고 있었다니
대단해!

시간은 있다.

여유는 없다.

작은 불안이 몇 가지
있으면,

큰 불안을 느끼지 못하고
살 수 있다.

이런 환경을
유지하겠단 각오도
못 하지만,

방치할 용기도
없습니다.

나는 언제나
이 구멍으로 밖을 내다본다.
이 구멍으로 보이는 것을
대개 알고 있다.

지금 행복한가?
행복하지 않은가?

당장 판단하지
않아도 된다.

'꼴좋다'란 말의
올바른 사용법에 대해

'전일본 꼴좋다 협회'에서
보내온 제안이
있습니다.

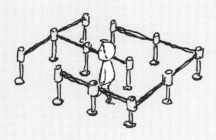

서슴없이
무지를 드러내는
사람들

아무것도
아깝지 않다.

조금도
아깝지 않다.

사랑은 없지만
배려는 있습니다.

조언을 구하는 사람이
조언해줄 사람을
못 알아보는 문제

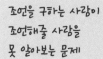

사서

쌓아두고

만족하고

누구의
탓으로
돌려볼까?

혼자만
짐이 크면
창피하다.

다친 곳을
무의식적으로
감싸게 된다.

마음속에도
항상 감싸는
곳이 있다.

아아 ── !!

비관적이야 ── !!

무얼 해야
좋을지
모르겠다.

봐줄게요.

세상만사 다
싫어진 아침

슬렁슬렁 걷는다.

주문하는 게
창피한 물건
특집

안심해도 되는 사랑은
자네잖나.

옛날에 무시했던 것과

지금 무시하는 것

가족이 모두
귀가한 다음에

문을 잠그고,
안전 고리까지 거는 것을
좋아한다.

놓는 연습

오늘 정말
수고 많으셨습니다.

그럼,
안녕히 가세요.

행복이란,
행복이란,

자고 싶을 때
잘 수 있는 것

1.

자, 어떠셨습니까?
쓸쓸한 중년 남성의 독특한
온갖 욕심 이야기.

정작 '욕심'과 관련 있는 내용은
첫 부분뿐이었네요.

에헤헤헤

2.

갑자기 다른 이야기입니다만, 제가 좋아하는 옛날이야기 중에
〈목수 동량의 이야기 宮大工의 棟梁の話〉가 있습니다.

절에 있는 같은 모양의 탑 두 개 중,
한쪽 탑의 복원을 의뢰받은 동량.

복원한 탑의 높이가
다른 탑과 다르다고 지적받자

신   구

?

뭐라고

3.

······500년 뒤에 같은
높이가 되도록 만들었소만.

라고 대답했다는 전설 같은 이야기.
처음 들었을 때,

동량 대단해!
멋져!

라고 감탄했지만,
몇 년이 지난 뒤에야 깨달았습니다.

혹시 다른 가능성도
있지 않을까?

만약 '500년'이
즉흥적으로 떠올린 거짓말이었다면,

역시 동량 대단해!

멋져!

완전 좋아!

어쩐다......
측량을 잘못했군......

......어차피 나는
500년 뒤에는
죽은 사람인 걸, 뭐.

4.

어쨌든 재미있는 이야기입니다.

결국 제가 하고 싶은 이야기는,
'먼 미래의 이야기는 재미있다!'는 겁니다.

먼 미래에,
이 책에서 일말의 가치도 찾을 수
없다는 걸 증명할 수 있는 사람은
아무도 없습니다.

타임
캡슐

5.

그렇게 제 자신을 위로하면서
온갖 욕심과 더불어 하루하루를 살아가고 있습니다.

끝까지
함께 해주셔서

새로운 욕심이 생기길 희망하면서......

진심으로 감사합니다.

6.

YOKU GA DEMASHITA
by YOSHITAKE Shinsuke

Copyright © Shinsuke Yoshitake 2020
Korean translation copyright © Gimm-Young Publishers, Inc. 2022
All rights reserved.

Original Japanese language edition published by SHINCHOSHA Publishing Co., Ltd.
Korean translation rights arranged with SHINCHOSHA Publishing Co., Ltd.
through Danny Hong Agency.

맘껏 먹고

맘껏 마시고

맘껏 살자

살짝 욕심이 생겼어

1판 1쇄 발행 2022. 2. 7.
1판 2쇄 발행 2023. 4. 26.

지은이 요시타케 신스케
옮긴이 고향옥

발행인 고세규
편집 길은수 디자인 유상현
발행처 김영사

등록 1979년 5월 17일 (제406-2003-036호)
주소 경기도 파주시 문발로 197(문발동) 우편번호 10881
전화 마케팅부 031)955-3100, 편집부 031)955-3200 | 팩스 031)955-3111

이 책의 한국어판 저작권은 대니홍 에이전시를 통한 저작권사와의 독점 계약으로 김영사에 있습니다.
저작권법에 의해 한국 내에서 보호를 받는 저작물이므로 무단전재와 무단복제를 금합니다.

값은 뒤표지에 있습니다.
ISBN 978-89-349-4924-4 03830

홈페이지 www.gimmyoung.com   블로그 blog.naver.com/gybook
인스타그램 instagram.com/gimmyoung   이메일 bestbook@gimmyoung.com

좋은 독자가 좋은 책을 만듭니다.
김영사는 독자 여러분의 의견에 항상 귀 기울이고 있습니다.